사랑에 대하여는 쓰지 않겠다

이 도서의 국립중앙도서관 출판예정도서목록(CIP)은 서지정보유통지원시스템 홈페이지(http://seoji.nl.go.kr)와 국가자료종합목록 구축시스템(http://kolis-net.nl.go.kr)에서 이용하실 수 있습니다.
(CIP제어번호 : CIP2020031821)

J.H CLASSIC 057

사랑에 대하여는 쓰지 않겠다

김명이 시집

지혜

시인의 말

바깥은 다가 갈 때마다
눈물로 잡히는 날이 흔했다.

나는 진실을 가다듬으며
이생의 내부를 은은하게 세공하고 싶다.

2020년

김명이

차 례

1부

2부

3부

4부

．

• 일러두기
  한 연이 첫 번째 행에서 시작될 때는 > 로 표시합니다.

1부

지구별

까마득한 별이 되고자
누군가의 눈동자에 건배한다
차마 숨 쉬지 못해
영혼의 흔적으로 남은
자유의 주소지

ㅁ

안전하다
상자 줍는 노인의 팔에 실금 문신이 그려진다
사과상자는 나무에서 종이로 바뀌었을 뿐

싱싱했다
밀폐된 스티로폼 속에서 썩지 않는 생선
몸값이 오른다
ㅁ ㅁ무더기로 덮인 물결 위에
떠도는 붉은 수초
북극은 흩어지고

미로였다
마천루 바람의 원성이 들리고
신문 부고란에 온몸으로 남긴 전보
처참하게 유리조각을 맞춘다

'ㅁ'한 숟갈 떠먹는 노인과
'ㅁ'아기가 한 입

콩나물씨

그의 아침은 출근 향해 허둥지둥 남기는 전율
콩나물을 다듬는다

어젯밤 엎질러진 회식에
콩나물 머리 바닥에 으스러지고
목구멍에 걸린 뿌리 켁켁 넘겼으니 재수라 할 만

잔뿌리 효능에 현미경을 댄 적 없지만
헛것 깨어나는데 으뜸국물
그는 사타구니 긁던 손으로 주저없이 뜨겠지

마트의 콩나물 매대 앞에서
국내산 한 봉지 이천팔백 원, 차이나산 천 원
아직도 들었다 놨다가

오늘만 남긴 반값의 유효를 더듬지만
내일 아침 해장국에 주부의 범죄는 탕감 받을 수 없을 것

장터 천막의 시루 속
한 무더기 거저 값에 덤까지 얹힌

봉 아저씨네 통통한 마술콩나물 담아와서

콩순이 콩깍지 내 사랑 두유~
뿌리 질긴 콩나물, 전율을 가다듬는다

나이롱환자의 재계약

앞 범퍼가 낡아 충돌 부위 묘연한 트럭이 뒤에 있고
이니셜 새겨진 셔츠 입은 그가 뒷목 붙잡고 검은 차에서 내렸다
도토리 한 톨만큼 찌그러진 사고일 뿐인데……
당신은 나이롱환자를 선택하시겠습니다
이렇게 안내하는 건 불법인 줄 알지만
내겐 최선의 고객 서비스가 돼야 합니다
그렇다고 당신이 모니터링 만족도에 최고라고 대답할지는 미
지수입니다
감히 당부하자면 물먹을 거란 말입니다

리어카에 묶인 손전등으로 밝혀지던 골목
합의금에 둘러앉아 끄적이는 밥상의 곰국 한 사발과
심야 알바 차디찬 손에 휴일을 줍는 것이라면
쪽빛 벗겨진 함석지붕 집
배달반찬 더듬는 노모 눈에 손자가 비칠 수 있다면
구름에서 빠져나오는 모과 같은 달이
푹 눌러쓴 모자의 측면 이마 흉터와 왼쪽 콧날을 조명하던
폐지 묶는 사내의 일당이라도 된다면 모를까

새벽녘 어느 일가 포개 타는 낡은 트럭에서 상강보다 먼저

뽑어지는 서리
　비단 대신 내 살갗 감싼 나일론을 당기며
　편리와 저렴과 질긴, 다용도를 악용하는
　당신은 비열한 환자, 재계약을 거절합니다

수상한 미식가
 ― 개를 좋아하던 나는 보신탕을 먹었다

더럽게 뚱뚱한 왕은 말했다
"보험 계약을 해줄게
아직 쓸 만해 보이니
한 번씩 목 티셔츠 벗어던지고
앞 단추 옷을 입고 방문해"
내가 입술을 깨물자
마지막 서명을 미루며
볼펜을 손가락 사이에 끼우고
돌리기 놀이만 반복했다

개집에서 얼굴도 못 내민 채
어미가 물어다 준 뼈다귀만 핥는 개 쉐이
결코 던지지 못할 분노
죄 없는 턱관절이 어긋났다

영정이 된 친구 보신탕집에 산 채로 끌려간 개가 기둥에 매달
려 발버둥쳤다 몽둥이로 뒤통수 사정없이 맞아 죽었다 죽어서도
불에 지글지글 타들어갔다

꿈인지 생시인지

그 상호 간판 떨어지고
수상한 미식가들 이빨 쑤시며 오고 갔다

투명한 계산법

완벽하게 한 가정의 위기를 조장했다
그 여자를 사고사로 유인한 것
그 남자를 도박 중독에 빠뜨린 것도 나였다
그 전에 아무 문제가 없었다
녹슨 걸쇠 풀리기 직전의 화물차
유기견 피하며 숨 쉰 윗주머니에서 풀려나온 파스 냄새
그의 남루는 마지못해 의무보험을 가입하고
생계만큼 이동한 거리가 따라왔다
아무 문제가 없었다
시장의 수시로 바뀐 고사 돼지머리와
장례식장 식탁에 올려진
편육 몇 조각으로 고기 맛을 보았다지만
그런대로 살만했다
그때 내가 발휘한 전광석화 직업 정신
세련되고 안락하게 사는
통통 튕길 수 있게 한 계산법을
잔 푼 지갑으로 오른쪽 엉덩이 빵빵하시렵니까
스마트한 카드 사용법과 감촉에 대해 충동질했다
마치 새장을 준비한 듯 입김 불며
당신의 신상을 안성맞춤 저당 잡히십시오

안전한 범죄 1호가 탄생하고
한시적으로 다른 미끼 제2호 제3호
깊은 밤, 족집게 꿈처럼 만신창이 부음으로 달려왔다
"자 자 서명해주십시오"
나의 투명 가면은
더 큰 한 철을 구워삶았다
마른 눈물자국 폐기도 전
그가 아내의 억대 보험금을 탕진했다는 소문이 돌았다

그 전에 아무 문제가 없었다
그 후 모든 문제가 야기되었다

문창시장 과일가게 할머니

둑방 쪽 두어 평 과일가게 할머니는 무학의 철학자
느지막하게 나와서 파리 모기와 바람을 쐈다
"사고 파는 글자 똑바로 읽고 내가 셀 수 있을 만큼만 벌면 돼유"
주머니에서 꾸깃꾸깃 아들 보험료를 꺼낼 때
알자두 같은 말씀을 던져주곤 했다

연구원과 사업가로 잘 키운 자식들
노후 보증수표라고 부러워 덧붙이니
금세 부도처리할 수 있는 어음조각이라고
세차게 코푸는 것 아닌가
나는 또 하나 버릴 것을 얻었다

한 알 한 알 손질하여 닦아 세우고
새새 스펀지를 촘촘히 받쳐주면
시장에서 제일 다디달고 미끈한 과일로 변신했다
이층 진열대 부사가 팔리면 더 꺼내지 않고 문 닫는데
얼기설기 끼워 맞추던 양철문에 자물쇠가 채워졌다

입동에 미끄러져 다시는 열 수 없게 된 가게

뜨끈 방석에서 일어나 비닐봉지에 담으려다
퇴화한 허리 중심 잃고 곤두박질 쳤을 것이다
잘 접히지 않는 굵은 손을 봉지에서 꺼내 내밀면
손님은 사라지고 바람만 울기도 했을 것이다

철로 지나 흉물된 구석에 둥지 튼
뜨내기 선반공장 찾아가려 일어설 때
다음 방문지의 여정을 아시는 듯
등 펴주며 들려주셨던 말씀
"밥 잘 자셔. 눈이 살아 있어야 잘 걷능겨"

말의 금지 구역

비타나 V*
말 말 말
S는
연일 수백 수십 억 억 말갈기를 휘날렸다

S의 미끈한 말 한 마디에
법치도 쥐치도 곡예를 하는 희비극
패배했지만
이상했지만

입사 후 두 권의 시집을 내고
팔천 원짜리 시집 한 권 구매 의뢰조차도
김영란 법 들먹이던 두 얼굴의 복지
승리했지만
수상했지만

'천만다행' 시리즈 광고 말마따나
S는 여전히 특별할 테고
sss&&는 더욱 고객에게 분발한다
다만 나는 시인이므로

S가 박힌 명함을 디밀 때마다 치욕을 써야 한다

비탄 바이러스
나는 밤마다
말 꼬리털만한 시를 갈고 또 닦는다
'V'같이 침범하는 것이다

* 정유라가 탄 독일 명마.

공룡세일

골목상점 삼켜 버린 공룡마트에서
오전에 본 싱싱한 겨울딸기
놀빛 들러 가로등 눈을 가린 시간에
반값세일 반짝세일 귓가에 방송 딱 붙었다
한 팩 집고 손해일까 한 팩 더 얹었다
꼭지 다듬어 가지런히 냉장고에 넣어두고
마저 반달 오려붙인 둥근 밤
숫자 세며 빗금치지 않아도 된다
새끼 입 바라보며 마른침 삼키지 않아도 된다

에피타이저! 미소가 일그러졌다
속이 썩은 과육을 도려냈다

최초의 초원은 평화로웠으나 공룡의 시대가 열렸다 거대해진
포식자 티라노, 유칼립투스가 사라지고 산성비는 맨땅을 흡수
하여 독소를 퇴적시켰다 햇빛이 먼지구름 아래 내려오지 못한
채 전염병이 창궐했다 빙하기가 다가오자 가릴 수 없는 꼬리의
판독, 때마침 날아오는 운석에 맞아 비대한 덩치는 피할 수 없어
처참했다 지구상엔 바닥 아래 엎드려 겨우 숨만 몰아쉬었던, 당
신들이 엄지손 아래로 꽂는 하류만이 살아남았다 공룡의 대멸종

시대가 도래한 것이다

　손수레에 '싸고 싱싱한 알' 스무 판을 싣고
　백발 노파가 끈덕지게 목청을 돋운다
　허름한 골목을 훑으며 빈 수레로 돌아간다

파닥파닥

알을 깨지 못하고
후라이가 됩니다

병아리가 되어 자라도
후라이가 될 것입니다

두 다리로 버티지만
닭으로 태어난 까닭입니다

그래도
새벽 찢으며 목청 세웁니다

Fly~~~
꼭~이요 꼭꼭

밥상

시 한 편, 일주일이고 한 달, 혹은 한 계절이 걸리든 틈틈이 아니라 필사적으로 써야겠다 생각해보니 방구석에 앉아 두 편에 오만 원 원고료를 받는 것은 너무나 감사한 일이다 조상이 꿈에 모시적삼 입고 나타난 날에 딱 한 번 현찰로 십만 원을 받아본 적도 있다 꿈같은 언젯적 일이다 더러 원고료 대신 정기구독이란 선택을 남길 때, 계좌번호 썼다가 지운 방황의 분량 위에서 휘갈겼다 목구멍은 입 닫는다고 끝나지 않는다 산처럼 끌고 가며 나뭇잎 같은 상자를 줍는 노파, 킬로에 팔십 원의 노동, 내 체중의 두 배가 넘어도 팔천 원이라면 끔찍하다 국가가 공짜로 쥐꼬리만큼 잘라주는 연금 받아만 먹는 것도 마땅치 못 하겠다 나는 지금 자판글자 명확히 짚고 반듯이 글씨를 쓸 수 있다 아직 물기도 남아 촉촉할 수 있으니 쓰자 부지런히 써야겠다 숟가락 얹어준 것만으로 황송하다 제대로 써본 적도 없으면서 객기나 부린 것이다

어느 세월에 청탁을 받아본다요
또 누가 죽이나 준다요

동백꽃 화살

그녀가 몇 번 낙방 끝에 입사한 작은 직장
도심 외곽의 연구소를 향합니다
새벽 통근버스를 타기 위해
풀린 신발 끈으로 폭설의 잔해를 묶었나봅니다
신사를 기다리는 휴일은 옛 이야기
하루를 깎고 까맣게 묻어서 오는 저녁마다
흡사 상자에 갇혀 죽은 쥐의 잠결입니다
시베리아보다 매서운 바람의 빨대
남은 체액 몇 방울 빨린 것 같다나요
내 목에서 풀어 걸쳐준 낡은 회색목도리
그냥 똘똘 감으며 죽어가고 있었는지도 모릅니다
방향 잃고 비행 중인 날개처럼
엘리베이터 입구 구석에 붙어서
이내 내부 광고 거울에 머리카락만 보입니다
처음에는 검은 행성이 출몰한 줄 알았습니다
한쪽 귀에서 풀린 반쪽 자음들과
빨간 화살을 따라 바닥으로 박혀버렸습니다
저 화살들, 소리 없는 감시병
길을 놓친 자는 목줄을 내려놓아요
트램펄린 같지만 납작 옥죌수록 유리한 위치입니다

\>

그녀가 하루를 반환하고 돌아올 때쯤
환하게 고개 튼 동백꽃 수술
막바지 봉오리를 향해 당긴 시간이라고
나는 결사적으로 부언 중입니다

달은 측면만 보이고

딩동
영하 2시 3분전
단 한 번
내 집 어둠을 흔든다
골목길 불안한 입술도 없는데
혈관들 다 깨어
경비스크린 훑는다
무장한 테러리스트
발꿈치 들고
현관문에 가까이 닿자마자
"택밥니다"
나지막한 마디 떨어뜨린다
한 생이 짐작되고
손잡이 돌리지 못한다
그가 읽어버린 적멸
무공처럼 소리 없이 멀어질 때
오싹한 세기는 뚜렷해지고
후들거리는 살얼음판
목구멍에서 비문으로 차오른다

>

그 혼자

나도 혼자

뜬구름 포장마차

녹색 소주병 그려진 접이식 흰 탁자

구인란에 XXX 치는 청년의 국수 젓가락과 늙은 아비의 굴종
은 각도를 포갠다 가물가물 하루살이가 국물로 떨어진다

밋밋한 탈색 빨강 탁자

휴대폰 TV 드라마에선 손을 뻗지 않는 기름진 음식과 식탁의
팽팽한 낯빛 사람들이 깨작깨작 입맛을 다신다 의자 뒤에 선 벌
레는 타투로 실각을 새길 것이다

출처 궁금한 나무무늬 탁자

때 묻은 커튼으로 가린 6인실이든 말끔한 특실이든 빈 병상을
남길 거라고 푸른 송곳니로 허공을 깨무는 중년 남자, 기어나온
밤거미가 펼치는 긴 영수증에 라이터를 켠다

꽉 차야 셋

연기 찬 구석에서 얼굴이 죄라고 분 바른 주인 여자, 소주병을
줄 세우고 초장부터 줄긋는 사내와 미심쩍다 칼날 내리친 곳에
송충이가 동강난다

곧 교차로가 생길 거라는 소문에 비구름 잔뜩 몰려드는 저녁

가로등 갓에 벌레들의 폭죽이 터지자

사람들은 별안간 자신을 두들겨 패기 시작했다

금요일의 식탁

항공료를 지불하지 않아도 맛본 세계의 미식
레토르트 오븐으로 허기를 채우고
한 주간 노동을 버틴 당신 돌아온다
앞집 신혼부부 아기 돌이 지났는데 백일 인사를 건네고
머쓱한 미소나마 친근한 이웃의 흔적이야

택배 주문한 물건들은 금요일에 도착한다
온수 매트는 밀린 사랑을 돌려줄까
아끼던 주황 장미를 꺾으며
흙이 마른 화분, 손가락 사이 물을 흘린다
저 암막 블라인드를 현관문 앞에 걸고 싶은데
그렇다면 관음증 제공자가 될지도 몰라

피와 살들의 지탱을 모색하다가
한 가족 네 지붕 아래
방송 논객은 미래 상자인 듯 유창한 설전을 날린다만
식탁에 붙은 의자는 외로운 상징이다

계단에도 다용도실에도 고일 수 없는 냄새들
서로 엇나간 궤적은 비밀로 부친다

글자 키우고 두 뼘 너머로 흘러가는 문자
이쯤에서 연애란 단어도 고어가 되겠구나
서녘 하늘은 붉은 소인, 검은 반송물을 추리고 있다

빨간 손톱

노동품목 없는 빨간 손톱들이 뾰족뾰족 찍어놓고 간 백야의 밤이다. 작은 부리들은 종종걸음으로 토사물을 한 톨 한 톨 지워 간다. 간혹 바람 불어 떨어져나간 눈의 파편은 완강한 유리창에 달라붙는다.

브레이크 걸린 시급으로는 삼각 김밥조차 굴리지 못한다. 이 계절엔 빈혈을 보충하지 못했으니 손톱에 흰줄이 그어지곤 했다. 눈을 뭉쳐 한 움큼 삼킨다. 아홉 번만. 울음은 분노를 재생할 가능성이어서.

천차만별 상표를 달고 벽난로가 지키는 쇼윈도 앞에서 통로처럼 걷는 어깨들은 전속력으로 멀어진다. 소행성 불빛도 사라진 눈 시린 백야, 투명해질 수 있다면 당장 저 불길에 손톱을 잘라 던져주고 싶다.

2부

꽃이라는 비명

세 송이 장미를 받고
흐트러진 손바닥을 내민다
손금만 내력이던가
꽃이 잘려 내게로 오기까지
푸르르 떨었을 이파리
계절 없는 이름표에 걸리기 위해

꽃잎엔 실금들 낭자하다
화병에 꽂아둔 꽃망울
속수무책으로 펼쳐진다
마른 꽃잎 떼어낼 때
한때라는 무용하고 긴
색색 꽃말이 터진다

겨울 햇살 오후의 창문을 닦을수록
칼날은 매서운 각도로 숨어 있다
장미전쟁도 당신 때문
손금의 내력에 들기 위해
꽃은 목을 뺀다
수신자 불명이 될 당신을 기록한다

암호 카페

안개 피는 마을의 구석진 카페엔 은근한 핸드드립 커피로 중독시키는 묶음머리 바리스타가 있지요 원산지를 묻지 말아요 그의 손이 닿으면 최고급 원두가 되곤 하죠

그 카페 스티커 100개를 받아야 암호가 풀리고 자동 출입문이 열려요 당신의 예민한 혀가 흘리도록 블랙커피 한 잔 두 잔을 제공해요 상상할 수 없는 레시피 쿠키를 구워줘요

그가 무릎 사이에 특제 몽상까지 곁들이면 헤어나지 못해요
앞은 파악할 수 없는 거짓, 뒤는 이해할 수 있는 진리*를 핸드드립 해주는 카페

출입문 암호는 절대 가르쳐주지 않아요 사랑을 앓고 난 연인만이 입장할 수 있어서 내 안의 유물이 될지도 몰라서 그만 몇 개만 남은 쿠폰종이를 잃어버려요

* 밀란 쿤데라의 글 패러디.

고양이 이데아

오를수록 낮아지는 계단에서
스프링을 튕기던 나날들
엘리베이터에서 초고속을 바라보며
풍경은 경품처럼 바뀐다

혼몽하게 겹친 노을빛 그라데이션
고무줄과 파이의 비례는 현기증인 것 같아
긴 오후의 손톱이 노랗게 익고
저 끝 지평선을 직시한다

눈동자에 갇힌 소실점은
백조의 은하를 담아왔니?
이리 오렴 불어나 보자
우리의 폐활량이 부족하진 않았을 텐데

여름 밤 별은 뜨지 않는다
흑조라 부르는 것이 타당했던 것
몽골초원은 까마득하고
그림자들은 켜켜이 쌓인다

>

그래도 높이와 어둠까지
태양의 하부라고 쓰겠어
오늘도 제도된 그림이 밖으로 뛰쳐나가는
사각의 낡은 후면들

유리궁 안에서 주워듣는
창틀의 고양이 눈은 바짝
내게 지금 이데아는 매콤한 야식 한 그릇

환상 베드

누가 노예냐고 묻는 건 이상해
위 아니면 아래, 아니면
체위는 지구본인데
환자거나 손님이거나
신사숙녀가 아니면 어때
서로 지탱하는 가랑이는 마법 같잖아

우리에게 생기지 않는 날개
신의 시대에 증명된 것을
바닥을 기는 것이 주특기였지
그래 끌어안고 위로 좀 한다는 거지
팁을 줄 것도 아니면서
찌질해지지 말자

주문을 해봐
기왕이면 발췌되지 않는 것으로
그 뿔의 비밀을 아는 것은
당신의 침대뿐인

죽으며 신비한 꽃을 피워

그 많은 꽃들 호명을 받지 못해도

노예 0순위

오늘은 당신을 호출할까

장미의 행방

장미에 취한 어느 시인과
생일이 같다더군
교감을 멀리하려 할수록
어느새 별은 그의 곁에 자리를 잡았지

꽃은 사실 아무 말도 하지 않았어
피고 지는 복화술처럼
은밀히 감춘 문장은 의미를 부풀리지만
꽃잎 터지는 해방인지도 몰라
아무튼 환상을 감수한 거야

겹겹의 잔잎 톱니가 드러날 때
숨겨진 가시를 발견하게 돼
가시가 완성되는 순간
기어이 그 끝에 닿아버리고 싶었어

가학과 피학을 곱씹는 사고인 듯
수줍은 프릴 속 파괴적 살사인 듯
좀 더 놀라워
피 한 방울 솟구쳐 떨어진 지점에

분분한 해석들의 숭어리

꽃의 수술을 보았는지
결코 아물 수 없는 환각일 거야

꽃이 흔들리며 필 수만 있다면

아저씨* 어디에 있어 나 좀 구해줘
비니비니 바나바나

백수라서 영화관에 갈 수 없어
달콤한 맛 팝콘을 씹어야만 불안하지 않아
쿠폰을 야금야금 뜯어먹어. 아껴야만 해
밤새 지나간 영화 상영 채널을 붙들고 있어
신작 대화방에 끼어들지 못한 채 따로 놀지만
그딴 것 괜찮아 실컷 맛보니까
왈칵 분노의 질주를 하고 싶을 때가 있어
욕을 쏘며 내달리고도 싶어져
개 물고기 시 물고기 쌍 물고기
무음처리 한들 모를까봐
꽃을 든 남자들이 하는 짓이라 가여워
시도 때도 없는 잔인한 폭죽 미래가 있긴 하니
여린 꽃잎들 움켜쥐고
목을 꺾어 짓밟고 있어
너덜너덜 살아남은 꽃의 음부를 봐
아! 나 그럴 때 적의를 품게 돼
자고 있는 내 남자 목덜미에 송곳니를 꽂을 것 같아

그도 계절 내내 쓴 시, 오만 원짜리라고 무시하거든

흔들리면서도 필 수만 있는 꽃이라면 좋겠어
팝콘처럼 빵 터질 수 있다면 좋겠어

*2010년 개봉, 원빈 주연의 영화.

몽유의 밤

무심코 폰을 열 때마다 반복되는 시간 11:11, 4:44
컨베이어는 멈출 리 없었으므로 사고는 우연일 뿐이야
너의 자전은 불길한 추정으로 사라지지 않는다
전광판이 뱉은 사망자 피맛을 보며 늑대의 달이 자랐다

밤새 검푸른 이끼 둘러지며 목백일홍 가지가 찢어지듯
수저를 떨어뜨리거나 투명쟁반을 놓치거나
멈춰버린 자판, 차마 두려움이란 말을 뜯어먹고 싶었다

머리 꼭 낀 양모셔츠를 캄캄하고 습한 벽 쪽에 보관했기에
좀벌레 무리가 뇌수에 파고들었을까
보이지 않는 군집의 힘에 움츠러들었다

외할머니 그만하세요!
얼룩진 광목을 쥔 젊은 여자의 뜯긴 머리가 마당에 풀어졌다

시간은 흐릿하게 뉴스 사건을 확인할 때 거짓을 외치며 깨졌다
지하에 내려가 족적을 찾느라 분란하다
초록바닥의 검은 미로는 누구의 머리칼을 흐트려 놓았나
지그재그로 새겨진 완강한 바퀴자국

그곳은 방으로 가는 길이 아니다

가파른 시간의 벼랑에 다다라
까마득 굴러 떨어진 그믐의 기슭에서
몽유의 발목으로 어둠의 교대를 알렸어
영혼의 가피를 받았니?
각진 턱을 들어 올리며 몹쓸 꿈에서 깨어난 밤이었다

검은 털이 빠진 후에 내게도 야생이

꽃잎이 흔들릴 때 당신은 줄기를 잡아줄 거라고 믿었습니다
부채질하는 바람 되어 꽃송이 떨어지는 것을 보았습니다

동행한 길에 흠뻑 젖어 생긴 통증은 전신을 통과하며 폭주 중
입니다 왼쪽 팔은 무엇을 스스로 한적 없으니 회전이 멎는 진단
쯤 괜찮았습니다

허공 어디쯤에 숨긴 울음의 항목들이 허물을 드러냅니다 초점
이 흐려지고 투명한 하늘을 예보한 기상캐스터를 향해 애꿎었습
니다

한 시절을 천 번쯤 더듬어보니 커다란 눈덩어리가 뭉쳐집니
다 이리저리 굴려진 눈사람에게 심장을 새겨준 적이 없었습니다

태양은 남쪽에서 몰려오고
지구 공전 밖으로 향해 가는 흰 새떼들
나는 거침없이 새 꽃모종을 옮겨 심습니다

빈 화분

매일 바라보고 살폈다
꽃잎 하나 펼칠 때마다
당신을 힘껏 빨아들였다

꽃은 냉정한 웃음과
뜨거운 울음의 온도가 달라
당신은 꽃씨를 걱정했다

그 다정한 냉정
수분 팩 유효기간이 지났고
폰과 달력의 요일이 달랐다

온도를 기억하는 손이 시려워
새로운 영양제를 투여하지만
이파리마저 병들게 했다

가늠할 수 없어
비우고 숨구멍에 흘리는 물줄기
비로소 아득하게 꽃다웠다

껍데기는 껍데기

그의 벽 모서리에 놓인 가면을 풀고 싶을 때부터 나는 핀이 박힌 박제가 되었다
탁자 위 낯선 어지럼증, 무심하게 그 방을 열어야 한다

신성한 눈물을 잊은 지 오래, 늙어버린 배설은 눈꺼풀이 흔들린다 껍데기와 알맹이의 관계는 실패를 환호하는 점액질 농도일 뿐, 새로운 친절은 몇 번 체위의 그와 그녀일까

한낮을 삼킨 파장이 유리창에 난입한다 연장전이 끝난 매트에서 끌리듯 둔부를 비틀고 뽑은 물티슈의 질감을 문질러본다

박제의 선망이 날아가고 부패해가는 노을 너머로 구름은 마디가 되어 소리친다

새벽 호숫가에서

물이 많아서 사랑은 비었다는
운명을 점지 받은 여자
새벽마다 봉긋해져 홑이불 들썩이는
유두는 암초 같아서
발목 모으고 힘주어 방향을 바꾸었다

발길에 닫힌 호수로 향했다
제 안에 경계의 둑을 쌓아도
고인 물에 던져오는 바람의 미끼들
나무의 발을 씻기는 가장자리에서 서성거렸다
너의 선택이 나의 심장이 아닐 거라면
거울도 보지 않고 빨강 립스틱을 꺼내 발랐다

수면 아래 아늑하게 잠겨
전생과 조우하는 구름을 위로한다
툼벙 운슬을 타고 사라지는 지느러미의 파문
투명해서 그물을 짜야만 한다면
그때 긴 속눈썹을 붙이고 말겠다

아슬히 갈잎 끝에 매달린 이슬
호수를 향해 떨어졌다
죽음도 아름다울 수 있다는 듯

유리의 시간

주방에서 발코니까지 갔다 왔다 열다섯 번
그후 살짝 빈혈 같은
아슴아슴 그리운 것들은 해체된다
옷고름처럼 늘어뜨린 사과껍질
끊어지면 이마를 짚고 다시

수납장 낡은 상자의 유리잔을 꺼내 닦았다
요정은 파카글라스 속에서 나오지만
호수와 마주칠 수 없고
쌍을 맞추려다 깨진 손톱들
반짝일수록 나는 지워져갔다

헐거워진 상자 접어 수거함에 버리며
가끔 네게 문자할 때 톡톡 두드린 무명지
생생할 때보다 사라진 후
금간 기억에 대해 긁적이다가

손톱 거스러미 제 살 파는 것도 몰랐다
삐거덕거리는 서랍 속 튜브크림
누군가 유효기간 남긴 선물로 바랬듯

오글오글 긁어놓은 행사 글자
남은 지문으로 마저 지웠다

와지끈 깨진 하루를 모아놓으면
아름다울수록 슬픔이 수북해졌다

옥수수 연가

찰옥수수를 먹는다
네 입속처럼 부드럽다가
잇몸과 이빨 사이 알알의 맛
팝콘으로 유혹도 하지
마지막 알갱이는 씹지 않고 삼켰어
다 훑고 나면
네 옥수수 고갱이가 수압처럼 부풀었던
아파 아파 그때
씨 한톨 어딘가에 자랐으면 했어
죽을 때까지 남겨질 거라는 주홍 글씨
'신의 선물'이란 말도 있었지
먼 나라에선 옥수수 밭에서
배반하고 살육하고
피의 맛을 삼키기도 했다더라
검은 눈망울 흰 눈물들이
꽉 붙들고 매달려 있었다고
버터구이를 해볼 작정도
입천장 데여버리면
너를 뱉어버릴 수 있을 것 같아서
아 그런데
아직
난

발칙한 반칙

월 화 목 금 남자를 만났다
당신은 특별해
유일한 파티야

외부는 같은 말을 속삭이곤 했다
내가 쓴 시를 보며
그들은 자신인 듯 몽롱했다

하얀 방

스스로 도피할 수 있는 방을 지어야겠어

해부의 통속에 놓일 수도 있겠지
두 개의 열쇠
고정적인 소득
오롯한 자기만의 방*

가린 창문에 제발
우울은 힘껏 자라고
헐벗은 나무에 걸린 태양은 거미처럼
제가 빠질 함정을 풀어놓겠지

문장도 지식도 날림이 되었지만
언젠가 곧이 오면 복지연금을 받게 될 테고
내 사후의 노트를 꺼내 쓸 수 있을 거야

그에게 구멍 뚫린 나비팬티 비밀을 풀도록
신전의 제사를 차려주겠어
절벽에 소용돌이치는 흰 파도의 몸
아찔하게 만지던 날의 환영

\>

눈앞이 캄캄해진 전율이 되리라곤
실패한 문장으로 완벽한 음악이 될 거라곤
그와 나눈 음모가
에덴의 뱀을 증오하지 않게 돼

다시 똥이 나오는 볼펜을 한 다스 구입할 거야
유희를 남길 수 있고 안 남길 수도 있어
그 방으로 들어가
나올 수 있고 영원히 안 나올 수도 있어

구름을 탈출한 분수처럼, 분수를 가둬버린 구름처럼

* 버지니아 울프의 페미니스트 사상 중.

완전한

사랑에 대하여는 쓰지 않겠다

애초에 해독 불가한 경전
질벽에 상처를 내고
장미는 음부에서 다시 피고
희미해진 폐궁에
여자의 전설은 깨어났다
유하를 가로챈 숲에서
부딪쳐 불씨를 틔웠다
화염으로 꺼져버릴 때까지 타버리자
천년의 미망이 되어도 좋다
미혹의 숨결로 불러내지 않겠다
나보다 먼저 그대의 관이
지나간다 해도
영원히 못을 치고 말겠다
이생을 거쳐 가는
이슬로 태어난 여자

3부

인드라망

고아한 생을 살다 간
영정 속 노부를 향해
일면식 없는 젊은 여자가 절한다
마른 눈물로 곡을 한 후
한때의 실마리가
종소리처럼 잡혔다 끊기고
한 떼의 까마귀가 던지는
기괴한 화엄의 소리

절대 들추지 마라

하지에 물들다

"농사야말로 최고의 예술이다 죽을 힘 쏟아야제"

가로 세로 월력 칸처럼 잘라놓은 밭이랑에
친정아버지 애간장이 갈래갈래 터졌다
푸른 줄기들 시커멓게 타들어 갔다
꼿꼿하던 척추 물렁뼈가 내려앉았다

파잎이 누렇게 뜨고 넘어지고
한 사내 기어코 거품 물고 누운 화면이 지나갔다
통에 물 받아 부스럼 핀 땅에 마구 뿌렸다
"내버려둬라 살 건 살겠제"

겨우 실핏줄 돌아 텅 빈 허리 세운 파잎들
아버지는 파 한 단 묶어주려고 뭉쳐놓은 색 비닐 끈을 풀었다
묻을 땅 한 평 없는 도시의 세입자
나는 몇 뿌리만 뽑아 시인의 시가 실린 신문에 돌돌 말았다

"그래라 하고 싶은 대로 하고 살아라"

솜털꽃차례 머나먼 행성을 꿈꾸는 듯
한껏 부푼 파꽃이 터져 온통 밤하늘이 매웠다

길냥이 공동구역

대중식당에서 남긴 음식
그가 검정 비닐봉지에 챙긴다
길냥이를 주려는 것뿐이다

깃털 코르사주를 꼽은 여자
잘 접은 랩 비닐을 꺼내다 말고 다시 넣었다
어쩌다 길냥이들은 많아진 것일까

새해 첫 날부터 고독사 발생, 홀로 생활하던 60대 남성 숨진
채 발견*
사망 두 달 뒤 발견, 가족도 장례 포기 끝내 고독한 고독사*
……

골목 전신주 앞 쓰레기 더미에
담쟁이가 부딪치는 바람 물고 늘어지는 높은 담벼락에도
웅크린 눈빛들의 25시

길냥이가 떼로 지나간다
외진 골목에도
지하철 입구에도

당신의 동공으로

거뭇 형상으로 둘러가는 달의 원주율에 따라

두 끼 식사를 끝낸 나는

빡빡 세 번째 양치질을 한다

* 일간리더스 경제 2018.01.02
* 노컷뉴스 2018.04.11

손가락 걸고

반올림 통과한 합성피혁 재킷을 입고
비틀어진 가방 A/S 받으러 가서 짝퉁을 확인했어
신에게 껌 딱지만큼 믿음을 구걸하고
유효기간 바랜 깡통으로 만찬을 차릴까요

당신의 실룩거린 비만은 투덜대고
보온성 좋은 메리노 공기스웨터 입고 싶어
착각하지 말아요, 이제 사랑스런 메리가 아니야
30% 할인가가 30% 구매가 되는 매장을 알고 있겠죠
꼬리표는 옷핀으로 뗐다 붙였다 하는 거래도
거기 겨드랑이 바느질을 살펴보아요

그래도 이리와요
믿을 것은 뉴스뿐, 건질 것을 골라볼까요
9시의 K적이나 8시의 J도
별 수 없이 세계는 돌고 돌아
구름의 새장에서 변사체가 떨어지고
안개의 뒷덜미는 번듯한 이름의 외투였다는
당신은 즉시 채널 돌려
뱀독 바른 여자를 감탄할 뿐이라고 하죠

\>

우리가 손목의 시계를 믿는 동안

시간은 우리에게 맞추지 않을 거라고

나는 아픈 새끼손가락 빨다가 물어뜯게 되었어요

중환자실

가봐 거기 적나라한 비극의 끝
가봐 거기 번뜩이는 희극의 시작

저 환자 눈뜬 채 죽어가는 이가 될 거라는데
병상 아래 떨어지는 손에 입맞춤 해줘요

사흘낮밤 지나 각별할수록 소음이 들려
간호하던 여자가 창백하고 멀쩡한 자를 되묻죠

링거 한 방울 남은 줄을 흔들어야 할까
누추하게 뭉텅뭉텅 드러난 속엣 것 보여줘요

유언의 진화는 거북해지고
최초로 빠른 계산능력 검증할 차례가 다가오죠

거기 부들부들 떠는 건 애도인가요
재채기와 시름의 질적 차이가 있나요

막 지나간 까마귀 울음이
그토록 동동 구른 천사를 찾았는지

소심한 경계

허공에 흩어지는 말과
벼랑에서 돌아오는 말의 사이 지나왔다

편자 없이 가는 말들의 풍랑 속
청음 요철음 파열음에 부딪치고
예보 없는 소나기를 맞기도 했다

존재의 흔적
맑은 메아리를 만나고 싶었다
간혹 내 목소리가 깨진 채 돌아올 때
밀렵꾼의 냄새가 묻어나왔다

뒷걸음치지 않으리라
별일 없듯 긴 시간 우려내고 고아낸
요리를 식탁에 올리며
식으면 씹을 것도 없이 통째 삼켰다

말마따나 말로 펜 설 설
유효기간 없는 진공 포장 속에 넣고
박물관 박제된 핀 하나 슬쩍하여
쥐도 새도 모르게 숭숭 찔러보리라 했다

발찌의 진화

몰래카메라에 들킨 건 당신들
그녀의 속옷 색깔 선호도
냄새와 향기, 차이나는 몽환의 분화구라니
발찌가 과시된 건 선사시대
신종 전자발찌는 거북한 전극을 일으키죠

폐업한 쇼윈도처럼 해만 가득 낀 골목
대뜸 들어갔다가
발목 하나 나왔다 사라지는데
고양이인지 강아지인지 빈틈으로 잽싼데
어라 낭패 같은 표정으로 굳어져야 하나요

오래전 발찌는 규방의 장신구
조개껍질에 물새가 묻어나고
깎아 만든 뼈는 지상 호위병의 마스코트
북소리에 맞춰 발목이 쿵쿵거릴 때마다
사그락사그락 바다와 땅의 정령 다녀갔다죠

발찌의 진화가 +− 로만 흐르듯
신생아의 울음이 멀고 아득하여

뜻밖에 목도한 옹달샘
나도 모르게 손에 닿아서

한적하게 생수를 마셔본 건 언제였나요

목이 잘린 토르소처럼

4분기 공납금이 밀려서
자발적으로 교무실 바닥을 닦았어요
선생님 발은 문어 오징어가 교배된 기형
방금 물걸레로 닦은 마루
의자 굴리며 얼룩을 조각했죠
가엾게도 소녀가
건반대신 주판알 튕긴 시간들
모니터 앞에서 휴지통에 버려지더군요
미스 김이 탄 커피는
미개한 배합으로 과장님 입술이 곧잘 틀어지곤요
스푼에 묻은 단맛
씁쓸한 고소처럼 저항했을까요
사탕수수가 베어지고
미개인을 쓰러뜨리며
우지끈 흰 바람이 지나갔죠
그 후로도
한 시간에 백년을 훌쩍 뛰어넘는 드라마처럼
허구한 날들은 그물망에 걸린 양파 눈물
시장바구니에 담아오다가
골목에서 담배를 꼬나물고 있는 소녀들에게

아니란다 애들아
총명한 머리로 뱀처럼 바닥에 스며들고 있구나
머리 없는 침묵으로
고개 떨어뜨린 붉은 말을 흘렸죠

뒷골목 조명은 충동해 충돌해

다음 골목으로 들어가야 했어
눈 돌아간 여긴 어디야
내 속 쌍꺼풀이 눈두덩에 드러날 땐 늦었어
부러질 듯 다리, 긴 머리가 비틀거린다
멀리서부터 너무 가늘어 유령인가 꽂히듯 다가갔어
창백하고 예쁜 여자가 내게로
점점 앞으로 나를 뚫고 들어와
아니 여자는 온 적 없다
가물가물 사라지는 몸에
지저분하게 붙어있는 붉은 꽃잎 자국들
뜯긴 꽃잎으로 저주한 멸종의 향이다
내 옆으로 늙은 개가 어슬렁 다가와 냄새를 맡고
한 놈이 물러가고 한 놈이 잽싸게 혀를 낼름거리지
방아쇠를 당겨야 했어
삼등분 탕 탕 탕
최초의 살해를 울부짖기 시작해야 했어

하나님, 나를 믿게 하려면
태초 샴쌍둥이로 되돌려주세요
그럴 수 없다면
여자를 생산하지 않게 해주세요

오류난 시인

춥고 장님처럼 걷는 거리, 우연히

붙잡아주는 독자를 만나

그에게 글썽인 소감을 들었다

사실인 것도 같다

나는 이미 불가역적인 상황에 발 디딘 것이다

아무튼

귀퉁이에 도사리고 있는 맹금류 같은 시

근심을 호출하는 시

핑계라면 끓이며 또 밤새 흘리게 하는 시

오늘은 햇수를 접는 내 두 번째 시집이

대형서점가의 인기상품이라고 배너광고에 들뜬다

진실일까?

대한이 지나도록 눈 가뭄만 타전하는 저녁

또 한 편의 죄목을 추가한다

오류난 시인

나는 잘 쓰는 시는 못 쓰고

못 쓰는 시는 참 잘 쓰는 시인이다

구차한 변명

밤새 WinWin 외치다
창문에 잠이 든 모기

발가락으로 누르는
비겁한 공격에

Wing~~ 날개를 펼쳤다

입의 귀환

귀 둘, 구부림에 순종하는 붙박이
조금만 당겨도 터지니 연약하기 짝이 없다

입 하나, 부리느라 앞장서서 활개치고
장미의 요염 사자의 침묵을 가장할 수도 있다
그러다가 앙다물기라도 하면 그 뜻은 마치 공포스럽다

선생은 많이 듣고 적게 말하라 애매한 미소로 훈수하지만
한편 서열을 경계하여 우물거린 권위
입은 무사하기 위해 화마의 뒤편에 있다

그런데 아는가
이보다 사랑스러울 수 있는 것을 본 적도 없다
물고기 입술에 색다른 열대 과일들
설익거나 농익거나 독성을 품고
다각적 전위적 철학과 종합예술을 할 수 있는
귀두구원의 생성 해학까지
이토록 빼어난 요망에도 이르게 한다

화술과 기술의 매머드급
당신을 겨냥한다

나의 기도문 양식

난 '온갖'을 온전한 신이라 읽어
웬만해선 사람을 탓하지 않아
화가 날 땐 나의 신들한테 투덜거려
특정 신한테 분노하기도 해

신들에게 유리한 계율을 만들어 놓고
그들에게 양식을 지키게 하지
밥숟갈 드밀며 시험을 하곤 해
신들에겐 실패든 실수든 성공이든 유희

그들은 조롱받으며 격렬히 찬양해야 해
쉬어터진 법
말라비틀어진 밥 풀어놓고
주걱주걱 비에 은총을 끓이곤 해

그럴 때면 나는
유일한 향국적인 기도문을 암송하지
헌법 제1조 1항
'대한민국은 민주공화국이다.'
제1조 2항

'대한민국의 주권은 국민에게 있고
모든 권력은 국민으로부터 나온다.'

제2항이 난항이긴 해
신격화하려는 얼치기들 좀 봐

찾다

터미널 서점 입구
진열된 인기 파이와 달콤한 목록들
기름진 치킨일수록 짝퉁이죠

키치스런 서술에 따라
만원 분량으로 선행된
바삭한 불행을 샀던 것이죠

날개에 치장하면 그만일 거라는
진실이 부패해가는 시간들
자 자 쇼 콜라도 곁들이죠

인도 위 돌 틈에
지상의 온도 재는 푸른 새싹들
나는 어쩌자고 저자가 되었나

마당 있는 식탁

　풍수지리와 거리 멀어도 아쉬운 듯 볕이 들고 바람 한 줌 거쳐 가는 곳, 키 크지 못해도 감나무와 목련꽃 심어 계절을 편성하고 싶다 뿌리로 번식하는 화초 서너 그루 눌러주고 한 팔 뻗어 자랄 수 있다면 둥근 식탁처럼 넉넉하겠다 헐렁한 그림자들 한 눈 팔고 지나가다 초록 잔디에 넘어진 패랭이와 때 맞춰 입 맞추면 아이 간지럽겠지

　키 작은 나무에도 새장을 달아놔야지 새가 찾아올 수 있도록 담장은 플랫슈즈 신고 무릎만큼만 쌓아야겠어 듬성듬성 엮어놓은 틈에 조롱박과 여드름쟁이 여주가 인사를 하지 고집 피우는 담쟁이 대신 분홍 보라 나팔꽃을 심어 지나가는 소년의 노래를 듣자 한 평은 꼭 남겨놓은 채소의 땅, 마당에 강아지 한 마리 묶어놓고 더 바랄 게 무에냐 옥상에 날아가는 꽃무늬들, 문패는 그이에게 걸어주고 빨간 우체통엔 내 이름을 새겨놓아야지

　투명하게 펼치는 메아리 가득한 식탁에서는
　주전자의 끓는 물소리 칫 칫 칫

뿌리의 연대기

교과서에 실렸던 전설만이 다가 아니다
이천 몇 백의 무학이거나 까막눈 튼 누이들
공순이 되어 제사공장 앞에 줄섰다
산서. 동계. 봉천. 심지어는 춘향고개 어디까지인지
어둠에 소리죽인 발들, 둑에 오르는 잠언을 따라
짐승의 이빨 자국 간직하며 고개를 넘기도 했다

육중한 굴뚝이 구름을 쏘아 올릴 때마다
등가제 같은 낯빛으로 고치를 찌고 타고
아우 공납금과 아비 밭떼기 늘려준 노동이었다
삼삼오오 공장 담벼락 따라 늘어선
양장점. 구둣가게. 미장원이 슬슬 미소 짓는 하루
대폿집 늙은 여자의 검은 입술도 선 넘어 그어졌다

금암교 아래 증기탕처럼 김이 피어오르고
물풀에 누워 얼룩덜룩한 배를 드러낸 물고기 떼
흉흉한 풍문이 모래더미에 넘나들었다
눈 맞은 뽕잎으로 파르르 떨게 하더니
어지러운 시류에 따라 문 닫힌 뻔데기 공장

> 저물녘엔 이사 온 이팝나무 개천을 향해 절한다

오수獒樹*에 미끼를 던지는 태공

누이의 붉은 손등 출처에 대해 주저해도

공순이로 한 몫 했던 뿌리의 연대기

뜨끈뜨끈하게 씹히는, 죄다

* 전북 임실군에 소재하는 지명.

4부

농

나중에 내가 유명해지고
생가 터가 없으니
어쩌냐는 그의 ―농

얼마나 다행인지 몰라
생가 터가 없어서
무명으로 노랗게 솟은 그의 ―농

달의 위력

서른 밤 주기의 월면
태양, 구름, 바람의 술수 없이
황도를 건널 뿐이다

달의 내력을 짚으며
얇은 잔고 확인하는 굵은 주름의 상인
작명소의 문을 여는 모자
비석에 새겨지는 조상이 있다

겨울 푸른 눈빛의 황소가
얼어붙은 흙을 엎지 못하고
구름에 가린 달빛을 제 몸에서 찾는다

허공의 터널
숨막히는 암유의 자세로
뭇 눈 사로잡는 달이 있다

새는 마지막에도 바람을 남긴다

어두워진 길에 검은 깃털 숭숭한 붉은 날갯짓
지상에 내리면 포획과 죽음이 엄습하는 새들의 운명이다

나무에 빌린 허술한 임시 거처
험한 바위에 발톱을 붙이며
틈 엿보는 혓바닥과 눈총엔 필사적이다
끝없는 날갯짓만이 유리한 생존법

구름의 의도를 먼저 알아차렸을까
밤하늘에 사라진 별의 안부 확인했을까
천근 비바람 무게를 쏘아버린 신궁처럼

먹잇감 풍성한 물속 허상에
수직으로 내리꽂은 부리가
산산이 깨질 것을 염려하면서도
물고기 지느러미를 동종이라 여기며
어쩌면 미덥기도 했을 것이다

먹잇감 급소에 일격을 가해야 살아내는
저 작은 심장의 노래를 들어본 적 있다

파닥 파다닥
날개 쳐들며 실려 낸 마지막 바람 한 결
갈채 보내는 발걸음의 회오리다

등 구부러져 가는 지상의 새
지붕 아래 들면 난간이다

간절기

따뜻한 온도가 필요한 태생이야
오늘 자주 파랑과 보라가 겹쳐
빨강 속으로 들어가면 미지근해질까
그럴수록 블랙홀로 빨려들고 말았어

정글에서만 소통되는 법칙이라 하자
맨살 드러내고 활보할 수 있겠니
무리수를 쓸 수밖에
피뢰침 강도가 의심스러운 소나기
제물처럼 내놓아야 할 기분마저 들었어

시험관 장미 코르크 마개가 뻑뻑하듯
한 판 놀고 툭 떨어진 매미의 깊은 그늘
천 원짜리 달랑 들고 도로를 흔든
빛나는 폐허의 장면들까지
태워버리니까
말려버리니까

그랬는데 입구에 거미줄 걸린
연변교민 세 들어 사는 반찬가게

외벽 낡은 전선에서 파고든 화마의 진술인데

지독했던 이 여름 끝 써니 텐!

그들 과실이 아니라지

등 맞댄 당신 쪽, 맞지?

사랑 그 간지

그녀, 이십대
선택한 그 길엔 위험이 도사렸지
애인은 외상 흔적조차 없는데 너는 즉사했다
가슴 한 쪽 흉터 있던 네게 환상적인 그였을까
애인이 울었는지 궁금했다

그녀, 삼십대
직장 극기 훈련하다 망자가 된 소식을 의심했다
설마 너라니! 보험도 제법 들었다고 했지
그가 곧 친정에서 아이를 데리고 갔다더군
초승달도 눈썹 떨며 홀어머니 지켰을 밤이었을 것이다

간간 이런 소식을 접한 후에도
나는 아직도 꿈을 꾸는가
어깨를 툴툴 털고 가는 당신의 뒷모습
용도에 맞춰 건전지를 끼워넣으면
꾼 적 없는 시계는 지워진 꿈을 확인해준다

그녀들의 죽음이 정리될 때마다
나는 당신에게 더 많은 자유를 부여했다

익숙한 키스를 교환하지만
깊숙이 혀를 세워 굴리기를 생략했다

심장의 갈피에 당신을 끼워 넣을 수 없게 됐다

샐비어 변명

창을 가린 잎맥에 새겨지는 음각
수요일의 음악이 부풀어 올랐어
너는 지친 입술로 허공에서 돌아와
아 춥다!
겨울은 주머니가 필요해
네 주머니에는 특이하게 지퍼가 달려있어
어슷 물린 지퍼를 풀어줄게
구겨졌다 따스하게 내미는
그건 손이라니까
무책임하자고 선언하면
샐비어를 따고 꿀물을 힘껏 빨던 것처럼
최초의 과욕을 뱉어냈어
죽을수록 아름다운 순간을 목격했지
다시 발버둥 저글링을 한 것뿐인데
눈을 감아도 될 것 같아
저편에 소음이 들릴까봐 전전긍긍
늦게 핀 샐비어도 맹렬하게 타올랐던 거야

안개, 장미의 무늬들

　푸른 장미를 꽂아야겠구나. 발걸음 멈춘 회백색 꽃가게 안, 주황 몇 송이에 흡족한 연인들의 표정이 틀어졌다. 문뜩 닿은 곳에 흔들린 안개꽃, 이내 버려질 가장자리에 둘러졌다

안개꽃, 너는
생의 막연한 눈물자국이라 했다
공항 어디쯤에서 우산은 쓰고 있니?
소수 유색인을 선언하며 끊긴 마지막 전화
그 슬픔 저장하려고
올리브 없는 마티니 한 잔을 마셨다

빈 바닥 바라보는 축축한 비둘기
올리브가지는 남아있을까
반복해서 헨델의 사라방드를 켜고
젖은 시폰치마가 마를 때까지 춤을 추었다
딱딱한 시간들 높이 솟아
불덩이 타는 물웅덩이의 도시
한 바퀴 돌아 날아오른 공중에서 울컥 주저앉았다

우연히 이 땅에 꽂힌 푸른 장미
너의 백의 두른 기사를 읽는다

배롱나무 그늘

다 시들어버린 꽃잎
빛바랜 입술도
한때는
청초한 이름에 맞닿았거늘
화관을 쓰고
열 달 괴로운 어미와
목줄에 매인 아비의 이름을 얻었다
꽃잎마다
가슴 시린 밤이 피고
사라진 별은
사막 어디쯤에서
가시 꽃으로 환생했을까
이슬이 품은 허공의 무게
대답하는 이 없고
건반에 옮긴 손가락 음계를 놓친다
당신과 조율은 어땠는지
노을빛 내린
빈 의자에 걸터앉으며
수줍은 웃음 머금은
꽃의 한 생, 휴면에 든다

모호한 감정

계절이 염색하여 펼쳐놓은 낙엽들
낙하의 지점마다
헐렁한 외투의 입술 현란하다

한쪽 눈 찡그린 가로등 아래 너는 들어오고
아밀라아제가 말라있는 침샘
어깨를 털며 타인처럼 달싹인다

대뜸 '밥'을 외치는 너의 문에
가시를 심어놓고 싶다가도
하늘 보며 축축한 나의 문은 엽기적이 된다

말랑말랑한 근육으로 잡혀가는 모호한 감정

세안크림튜브는 바람소리가 나고
거품 풍성한 주방세제는 샤워를 하면 안 되는 걸까
기울여 앉은 화장대는 비극을 바른다

은밀히 내장된 애인을 꺼내는 중에도
난 화려하게 새드무비를 홍얼댈 수 있어
먼 먼 나날에 고착된 사랑이라니

2017. 6.9. 불금

예수 부처 탄생일보다
거룩한 날이라고 써놓았지만

싱글 남자 시인은
심해어를 찾아 잠수 중이고
나의 미녀시인
커피 빈 봉지 마름질하며 가난을 뜨는 밤

정전 중인 깨알부부
그때는 맞고 지금은 틀리다*
96으로 등 돌린 채 발가락 냄새나 맡는 것인지

낚싯대 매고 집 나간 내 남자
꼿꼿이 사흘 만에 들어와
무섭고 못난 · 의 블랙홀로 빨려들 것인가

사랑을 위해
'금이여'
뽑힌 금니 사진을 폰으로 보내온
그 허망한 메신저에 그만 자지러지는 것이니

\>

남자와 여자가 만나
공으로 굴러가기가 그리 만만하던가

배꼽 아래 역사적인 단전
힘 빼 세 요

* 홍상수 영화 제목을 패러디 함.

아직도 골목

해가 먼저 숨는 골목길을 걸었어

비가 슬며시 비비다 간 바닥인데

첨벙첨벙 빠지는 듯

그대 물살로 들이치네

금간 벽에 슬은 이끼들

헌책 속에서 빠져나온 잉크낙서 같아

담장 안에 핀 하얀 목련, 붉은 동백

박물관 여인들의 슬픈 초상화라 불러봐

하릴없듯 걷고 싶어졌어

마저 숨지 못한 거미들이

끌고 내려오는 죽은 형상들

문득 멈추어 고개 들고

날아가버린 솔개의 동심원을 그려보네

야윈 어깨위로

달빛도 곤고하게 시들무렵

꽃잎 엽서를 띄우네

또 다시 내리는 비

그대라는 대명사

마트에서 생수 한 병을 사서 무작정 걷다가 좌판에 흠집 난 진열을 바라보다가 큰 사거리 신호등이 두 번이나 바뀌고 뛰어가다가 한 쪽 신발이 벗겨지고 신호등은 빨강빨강, 인출기에서 돈을 안 꺼낸 것도 모르고 수족관 배부른 물고기 앞에서 꽃가게 시든 백합 앞에서 우물쭈물 우두커니, 빈 서점 문턱에 낀 망사다리 전단지 주워 구멍을 채우고 휴지통에 접어 버렸는데 파리빵집 간판에 우뚝 서서 커플 반값 행사를 하고, 줄 서지 못한 채 업고 온 저문 날과 납기 임박 고지서와 식탁에 대충 차린 찬과 막상 빈 밥통을 확인하지만……쓸 수 있습니다

다만 오늘도 그대께는 안녕!

따분한 주말 풍선의 기분

알아 다른 것! 풍선을 불려고 심장이 따끔거렸다 날아갈듯 차
오르다가 튕겨나가
　바닥에서 푸들푸들 뒹굴었다

　급박한 모바일에서 J양은 방전이 되고 Y군은 꼭두새벽 접는
그림자의 원조가 되었다 갓 구워낸 토스트에서 방부제가 휘날
렸다

　얼결에 건너와 백로의 시간을 걷는 여자는 산부인과 간판 찾
다가 입구 열린 예식장의 퍼포먼스를 보러갔다 즐거운 장례식장
에 찡그리며 갔다

　꽃다발에 저녁을 들고 온 당신에게 '어쩐 일이야?' 묻고 싶다
가 '무사했으니까' 그녀와 털고 왔을 이별을 깨물었다

　시간은 아무렇지도 않게 흘러가고 풋내와 군내의 한 끗 차이
로 갈라졌다 풍선은 폭탄을 터뜨리는 예비단계라는 듯…… 사각
사각 자신을 부풀렸다

그리고 난 주문

당신 따라 돌고 돌아왔다 부푼 것들이 태어나고 꺼지고 주춤, 황금빛 시간은 어둑어둑 점묘로 떨어졌다 장미는 갉아먹던 애벌레가 날아간 쪽 허방으로 시들었다

탈색된 공원의자에 기댔다 일렬로 선 나무들 바닥에서 흰 수염을 뽑던 늙은 이파리 굴러와 번식이 끝나버린 내 표정을 덮었다

우리가 골리앗 사다리에 지붕을 실을 때 노을은 당신의 마지막 담배연기를 마시며 고독했을까 밤새 침묵을 꺼내 유리창에 두드린 뼈마디로 증발하고 만 것일까

바스락 잎맥에 맞춰 서두를 썼을 뿐 당신께 주문할 수 없는 '그리고'를 쓰려는데 …… 부스러졌다

벽화

　수수하게 살아가고 싶었건만, 기어코 화원의 장미처럼 놓인 이생의 불운을 지피고 말았다. 당신이 잘라내고 다듬어낸 모습으로 입술에 꽃을 피워갔다. 우리는 짓이겨지고 일방적으로 지는 꽃도 알고 있었다. 스산한 건기를 흐느껴 적실 때 십삼 월의 가로등은 푸른 안경을 깨뜨린 채 서있었다. 전생으로부터 서로의 내부를 해부하듯 절벽에 찍고 만 꽃의 지문, 손 내밀고 온기를 접을 때 당신의 손금과 나의 이마는 선명해졌다. 뜨거운 시간 앞에서 슬픔의 태도는 그토록 정교했던가. 운명에게 혹독하게 사랑했다면 단 한 번 당신이라고 하겠다.

이면

쓰던 시를 구겨서 던졌다 관종 없는 세잎클로버 귀 깨진 리버사이드텔 간판 썩은 장미 구름껍질 골목……도시의 모든 빛깔 삼키는 검은 빛을 목도한다 어둠 끝에 절망으로 남는다고 말하려는 부적응은 성대를 거세하며 안전해진다 좌뇌를 후비는 동안 몇 초 늦은 손으로 플래시 터뜨린 네 얼굴의 기괴한 내 얼굴이다

쓰레기통에 명중되지 못해 살아남는 경우도 있다는 듯 버린 시를 다시 줍는다
이 저녁은 몇 번의 장애를 만날까

노란 바나나는 흑반 되어 한 입, 노오란 개나리는 담장을 허물지 못한다 두 개의 불투명 사라진 부고와 한 개의 청첩을 예측 불가한 무리수로 쓴다 무수한 내 것이자 전혀 아닌 것들, 골몰하다 맞닥뜨리는 몰골이 된다 지상에서 움켜쥔 그 나마 낙타무릎은 풀린 음보를 안절부절 서성인다

저 쓰고 쓴 대가들
저 화폐 속 영정사진
저 불빛의 가치를

불안하고 불완전해서 불온한

황정산 시인 · 문학평론가

불안하고 불완전해서 불온한

황정산 시인 · 문학평론가

1. 들어가며

시에 대해서는 많은 말들이 있다. 처음에는 기도로부터 생겨났다거나 노래로서 불려졌다거나, 감정이 흘러넘쳐 시가 된다고도 하고, 시에는 사특하지 않은 깨끗한 마음이 들어있다고도 한다. 하지만 이 모든 말들은 다 틀렸다. 사실 시는 이 모든 것들에 도달하지 못할 때 만들어 진다. 하늘까지 이르지 못한 서툰 기도가, 노래로 불릴 수 없는 거친 언어가 시가 되었을 것이다. 감정이 제대로 흘러넘치지 못하고 막혀 억눌릴 때 비로소 말은 시적 표현을 얻게 된다. 그리고 시는 사특함이 없는 것이 아니라 그것을 감추기 위한 도구일 뿐이다.

이렇게 보았을 때, 시는 불안하고 불완전하고 불온한 것이다. 김명이 시인의 시들을 읽으면 이런 시들의 특징이 그대로 잘 살아있는 것 같다. 그는 큰 목소리로 세상을 어둠을 말하지 않고 자극적인 언어로 자신의 욕망을 드러내지 않는다. 철학적 용어와 유행하는 어투를 흉내 내어 지식과 사유를 뽐내지도 않는다.

하지만 그의 시를 읽으면 마음에서 어떤 일렁임이 생겨난다. 그것은 우리의 삶이 그리고 우리의 영혼이 불안하고 불완전하다는 불온한 각성을 동반한다.

그의 시들을 읽어 보자.

2. 불안은 영혼을 일깨운다

영화 감독 파스빈더는 "불안은 영혼을 잠식한다."고 했지만 이 말은 가시적인 권력의 공포가 상존하던 시대에 해당하는 말이다. 권력의 공포에 의한 불안이 인간의 영혼을 좀먹어 결국 자유도 인간의 존엄성도 파괴한다는 것이다. 하지만 폭력적인 정치권력보다는 물신이 지배하는 현대사회에서 인간은 영혼을 보이지 않는 권력인 물신에 이양하고 편안함을 강구한다. 어찌 보면 잠식될 만한 영혼마저 팔아 없어진 셈이다. 사라진 이 영혼으로 다시 불러오기 위해서는 애초에 영혼을 잠식하던 불안을 떠올려야 한다. 어쩌면 그것이 현대적 예술이 할 중요한 일 중 하나이기도 할 것이다.

다음 시는 물신에 영혼을 저당 잡히고 편안함 구하며 살고 있는 현대인들에게 불안을 다시 심어주고 있다. 쉬운 언어와 설득력 있는 어조는 이런 불안이 우리 모두의 삶의 일부라는 점을 좀 더 부각하고 있다.

완벽하게 한 가정의 위기를 조장했다.
그 여자를 사고사로 유인한 것

그 남자를 도박 중독에 빠뜨린 것도 나였다

그 전에 아무 문제가 없었다

녹슨 걸쇠 풀리기 직전의 화물차

유기견 피하며 숨 쉰 윗주머니에서 풀려나온 파스 냄새

그의 남루는 마지못해 의무보험을 가입하고

생계만큼 이동한 거리가 따라왔다

아무 문제가 없었다

시장의 수시로 바뀐 고사 돼지머리와

장례식장 식탁에 올려진

편육 몇 조각으로 고기 맛을 보았다지만

그런대로 살 만 했다

그때 내가 발휘한 전광석화 직업 정신

세련되고 안락하게 사는

통통 튕길 수 있게 한 계산법을

잔 푼 지갑으로 오른쪽 엉덩이 빵빵하시렵니까

스마트한 카드 사용법과 감촉에 대해 충동질 했다

마치 새장을 준비한 듯 입김 불며

당신의 신상을 안성맞춤 저당 잡히십시오

안전한 범죄 1호가 탄생하고

한시적으로 다른 미끼 제2호 제3호

깊은 밤, 족집게 꿈처럼 만신창이 부음으로 달려왔다

"자 자 서명해주십시오"

나의 투명 가면은

더 큰 한 철을 구워삶았다

마른 눈물자국 떼기도 전

그가 아내의 억대 보험금을 탕진했다는 소문이 돌았다

그 전에 아무 문제가 없었다

그 후 모든 문제가 야기되었다

— 「투명한 계산법」 전문

보험은 사회보장제도와 함께 사람들에게 사회적 실패와 삶의 위험의 불안에서 해방시켜 안전함을 보장하기 위해 만들어진 제도이다. 물질적 안정을 보장함으로써 세상의 위협으로부터 지킬 수 있다는 이 제도는 거꾸로 물질에 인간의 모든 안위와 가치와 정신을 저당 잡히는 것과 다름없다. 시인은 그것을 "당신의 신상을 안성맞춤 저당 잡히십시오"라고 꼬득이는 말로 표현하고 있다. 하지만 이렇게 해서 찾은 안정과 안위가 결국은 물질에 나의 영혼마저 맡겨 도박과 범죄와 보험사기라는 파멸의 결과로 귀결되고 만다. 보험이라는 안전판은 탕진이라는 물질에의 타락으로 결론지어지고 만 것이다. 시인은 이렇게 안정이 결국 타락과 파멸임을 지적하여 우리의 삶이 얼마나 많은 불안 속에 놓여있는지를 역설적으로 말해주고 있다.

추억을 돌아보고 삶의 이력을 회고해보아도 우리 삶이 확실한 뿌리를 박고 있었다는 증거는 없다. 그것이 뿌리 깊은 한 가계나 마을의 내력일지라도 불안한 삶의 조건만을 환기해 줄 뿐이다.

교과서에 실렸던 전설만이 다가 아니다

이천 몇 백의 무학이거나 까막눈 튼 누이들
공순이 되어 제사공장 앞에 줄섰다
산서. 동계. 봉천. 심지어는 춘향고개 어디까지인지
어둠에 소리죽인 발들, 둑에 오르는 잠언을 따라
짐승의 이빨 자국 간직하며 고개를 넘기도 했다

육중한 굴뚝이 구름을 쏘아 올릴 때마다
등가제 같은 낯빛으로 고치를 찌고 타고
아우 공납금과 아비 밭뙈기 늘려준 노동이었다
삼삼오오 공장 담벼락 따라 늘어선
양장점. 구둣가게. 미장원이 슬슬 미소 짓는 하루
대폿집 늙은 여자의 검은 입술도 선 넘어 그어졌다
— 「뿌리의 연대기」 부분

　우리는 우리의 삶이 든든한 역사라는 뿌리 위에서 이어져 왔
다고 생각한다. 그래서 족보를 찾고 항상 마음속에 자신의 유년
의 뿌리인 고향을 간직한다. 하지만 시인은 이러한 추억과 삶의
이력마저 얼마나 헛된 욕망과 불안한 삶의 과정들로 점철되어
있는가를 말하고 있다. "교과서에 실렸던 전설만이 다가 아니
다"라는 말은 바로 이 삶의 불안한 세부들이 사실은 삶의 진실
을 담고 있고 그것에 부여된 개념의 틀들은 다 추상적 의미구조
일 뿐이라는 것이다. 시인은 그것을 "대폿집 늙은 여자의 검은
입술도 선 넘어 그어졌다"라고 말하면서 어떤 관념으로도 규정
할 수 없는 삶의 불안한 세부를 탁월한 감각으로 잡아내고 있다.

다음 시는 좀 더 재미있는 표현을 통해 우리의 삶이 얼마나 부박하고 불안한 것인가를 잘 보여준다.

안전하다
상자 줍는 노인의 팔에 실금 문신이 그려진다
사과상자는 나무에서 종이로 바뀌었을 뿐

싱싱했다
밀폐된 스티로폼 속에서 썩지 않는 생선
몸값이 오른다
ㅁㅁ무더기로 덮인 물결 위에
떠도는 붉은 수초
북극은 흩어지고

미로였다
마천루 바람의 원성이 들리고
신문 부고란에 온몸으로 남긴 전보
처참하게 유리조각을 맞춘다

'ㅁ' 한 숟갈 떠먹는 노인과
'ㅁ' 아기가 한 입
—「ㅁ」 전문

이 시는 'ㅁ'을 음성상징으로 아주 효과적으로 사용하고 있다.

시의 모든 연에 "ㅁ"이 들어간 단어가 등장한다. ㅁ은 시각적으로는 사각형의 안정된 모습을 취하고 있다. 사각의 상자를 떠올리고 "몸"이라는 탄탄한 육체를 생각나게 한다. 안정되고 안전한 사회 조직 안에서 살고 있는 우리의 삶을 연상하게 한다. 하지만 그것의 발음은 미약하고 불완전하다. "ㅁ"은 미음으로 발음된다. 미음은 밥도 아니고 죽도 아니고 우리가 먹을 수 있는 음식 중에 가장 그 내용이 빈약한 음식이다. 아기 때부터 시작하여 노인이 되어 죽기 전까지 우리가 이 빈약한 음식인 미음에 의존하고 있음을 들어 얼마나 우리의 삶이 불안하고 미약한 것인가를 다시 한 번 환기해 준다. 불안을 통해 우리가 잊고 있었던 우리의 나약함과 삶의 번민을 드러내고 결국 그것으로부터 자유롭지 못한 우리의 영혼을 일깨운다.

안개 피는 마을의 구석진 카페엔 은근한 핸드드립 커피로 중독시키는 묶음머리 바리스타가 있지요 원산지를 묻지 말아요 그의 손이 닿으면 최고급 원두가 되곤 하죠

그 카페 스티커 100개를 받아야 암호가 풀리고 자동 출입문이 열려요 당신의 예민한 혀가 흘리도록 블랙커피 한 잔 두 잔을 제공해요 상상할 수 없는 레시피 쿠키를 구워줘요

그가 무릎 사이에 특제 몽상까지 곁들이면 헤어나지 못해요 앞은 파악할 수 없는 거짓, 뒤는 이해할 수 있는 진리를 핸드드립 해주는 카페

출입문 암호는 절대 가르쳐주지 않아요 사랑을 앓고 난 연인만이 입장할 수 있어서 내 안의 유물이 될지도 몰라서 그만 몇 개만 남은 쿠폰종이를 잃어버려요

　　— 「암호 카페」 전문

이 불안을 받아들일 때 우리는 불안이 만든 빈자리를 욕망을 통해 채우고 싶어한다. 위 시의 "암호 카페"는 그런 욕망을 채우려는 내밀한 공간이다. 하지만 거기 들어가기 위해서는 "카페 스티커 100개"라는 삶의 자잘한 디테일을 통해서만 가능하다. 그렇기 때문에 그것은 "이해할 수 없는 진리"가 된다. "사랑을 앓고 난 연인만이 입장할 수 있"는 것은 그것이 충족되지 못한 빈자리와 결핍을 가진 자만이 이 욕망의 필요를 깨닫기 때문일 것이다. 그런데 왜 암호가 있어야 들어갈 수 있을까? 그것은 시에 대한 은유이다. 암호를 걸고 또 반대로 그것을 해독하는 것은 시 쓰기와 시 읽기의 작업과 유사하다. 언어가 우리의 욕망을 채울 수 없기에 언어에 주술을 거는 것이 바로 시이다. 이 시를 통해 우리의 내면 무의식의 욕망에 도달하게 된다. 그러므로 시의 언어는 암호이다. 이 암호를 통해 도달하는 공간인 "암호 카페"는 시가 불러일으키는 우리의 욕망이고 그것을 통해 우리의 삶이 얼마나 많은 빈자리를 가지고 있는 불안한 것인가를 다시 한 번 느끼게 되는 것이다. 하지만 그것은 쉽게 도달하기 힘들다. 항상 암호는 변하고 그것을 향한 우리의 노력은 한계를 가지고 있기에 그렇다. 시인은 이것을 "남은 쿠폰종이를 잃어버려요"라

고 지극히 생활감각적인 언어로 설득력 있게 표현해 내고 있다.

3. 채워지지 못한 욕망의 연쇄

위에서 우리의 삶의 불안과 그것으로부터의 탈출인 욕망에 대해 이야기했다. 하지만 이러한 욕망은 결코 채워지지 못한다. 아니 반대로 채워지지 않기에 그것은 항상 욕망되는 그 무엇으로 남는다. 때문에 우리의 삶은 완성을 꿈꾸지만 결국 미완과 결핍으로만 확인된다. 다음 시는 바로 이 점을 감각적인 이미지로 우리 앞에 제시해 준다.

누가 노예냐고 묻는 건 이상해
위 아니면 아래, 아니면
체위는 지구본인데
환자거나 손님이거나
신사숙녀가 아니면 어때
서로 지탱하는 가랑이는 마법 같잖아

우리에게 생기지 않는 날개
신의 시대에 증명된 것을
바닥을 기는 것이 주특기였지
그래 끌어안고 위로 좀 한다는 거지
팁을 줄 것도 아니면서
찌질해지지 말자

주문을 해봐

기왕이면 발췌되지 않는 것으로

그 뿔의 비밀을 아는 것은

당신의 침대뿐인

죽으며 신비한 꽃을 피워

그 많은 꽃들 호명을 받지 못 해도

노예 0순위

오늘은 당신을 호출할까

— 「환상 베드」 전문

　침대는 욕망의 공간이다. 그 욕망 속에서는 "신사 숙녀"가 되는 매너도 "찌질해지"는 경제적 타산도 필요하지 않다. 반대로 그런 것들을 벗어나야 욕망은 분명하게 본 모습을 드러낼 수 있다. 그런데 이 욕망을 충족하기 위해서는 우리는 "환자이거나 손님"이어야 한다. 개인과 개인의 자유롭고 완전한 욕망의 결합은 현실에서는 쉽게 이루어지지 못한다. 뭔가 육체의 고통을 가지고 있거나 거래를 통해서만 욕망을 채울 수 있다. 애초에 결핍된 존재라는 개인의 정체성만으로 우리는 우리의 욕망을 마주한다. 그래서 결국 우리 모두는 "꽃들"로부터 "호명을 받지 못"한 소외된 존재이고 "노예 0순위"일 뿐이다. 그래서 욕망을 충족하는 침대는 "환상"으로만 존재한다. 다음 시에서는 이 점이 좀 더 분명한 이미지로 나타난다.

가학과 피학을 곱씹는 사고인 듯
수줍은 프릴 속 파괴적 살사인 듯
좀 더 놀라워
피 한 방울 솟구쳐 떨어진 지점에
분분한 해석들의 숭어리

꽃의 수술을 보았는지
결코 아물 수 없는 환각일 거야
—「장미의 행방」 부분

장미는 흔히 사랑의 열정을 상징한다. 그것은 뜨겁고 화려하지만 아픈 가시를 가지고 있기에 사랑의 속성을 표현하기에 가장 적합하다. 하지만 시인은 사랑의 이름으로 번역된 "분분한 해석들의 숭어리" 속에서 아무런 의미를 찾지 못한다. 결코 "장미의 행방"은 드러나지 못한다. 이 모두는 다 환각이기 때문이다. 충족되지 못한 욕망을 환각처럼 경험하며 견디는 우리의 삶의 덧없음이 아름답고도 신랄한 이미지로 우리의 가슴 속에 파고드는 구절이다.

우리의 삶이 얼마나 불완전한지는 다음 시가 더 잘 보여준다.

사랑에 대하여는 쓰지 않겠다

애초에 해독 불가한 경전
질벽에 상처를 내고

장미는 음부에서 다시 피고

희미해진 폐궁에

여자의 전설은 깨어났다

유하를 가로챈 숲에서

부딪쳐 불씨를 틔웠다

화염으로 꺼져버릴 때까지 타버리자

천년의 미망이 되어도 좋다

미혹의 숨결로 불러내지 않겠다

나보다 먼저 그대의 관이

지나간다 해도

영원히 못을 치고 말겠다

이생을 거쳐 가는

이슬로 태어난 여자

— 「완전한」 전문

    제목은 "완전한"이지만 이 시는 삶의 불완전성과 욕망의 덧없음을 말하고 있다. 시인은 "사랑에 대하여는 쓰지 않겠다"고 선언적으로 발언하며 시를 시작한다. 그런데 제목의 "완전한"은 이 시 첫 행의 "사랑을" 한정하는 관형어로 작용한다. 그러므로 이 선언은 완전한 사랑이 없다는 것과 그것에 대해 말하는 것이 얼마나 부질없는 것인가를 동시에 의미하고 있다. 전설 속의 사랑이건 그것이 보여준 불꽃같은 정념이건 이생의 삶의 현실을 통해서 드러날 때 그것은 이슬로 태어난 그래서 덧없고 사라질 운명인 삶의 조건에서 벗어날 수 없다는 것이다.

이토록 김명이 시인의 시 속에 우리의 삶은 불안하고도 불완전하다. 이 불안과 미완의 결핍을 드러냄으로써 김명이 시인은 우리가 딛고 있는 현실의 거대한 질서와 규칙과 그것이 뒷받침하는 모든 구조물의 허상을 드러낸다. 그런 점에서 그의 시는 은근히 불온하다. 이 불온함을 다음 시는 아름다운 이미지로 바꾸어 보여준다.

  꽃잎이 흔들릴 때 당신은 줄기를 잡아줄 거라고 믿었습니다 부채질하는 바람 되어 꽃송이 떨어지는 것을 보았습니다

  …(중략)…

  태양은 남쪽에서 몰려오고
  지구 공전 밖으로 향해 가는 흰 새떼들
  나는 거침없이 새 꽃모종을 옮겨 심습니다
  — 「검은 털이 빠진 후에 내게도 야생이」 부분

  "검은 털이 빠진"다는 것은 젊음이 지나간다는 것이다. 모든 욕망에 시달리던 젊은 시절에 삶은 무엇인가로 꽉 차 있는 듯하지만 사실은 그 시절 역시 채워지지 않는 불안과 불완전함의 연속이었다. 시인은 그것을 벗어난 후에 비로소 야생의 거친 삶의 의미를 깨닫게 된다. 드디어 세상을 거슬려 길들어지지 않는 방법을 터득한 것이다.

4. 맺으며

　김명이 시인의 시들은 자극적이지 않으면서 신랄하고, 도발적이지 않으면서 우리의 욕망을 자극한다. 애써 표현의 아름다움을 찾지 않고 일부러 낯설음과 새로움을 만들지 않는다. 그럼에도 불구하고 그의 시를 읽으면 참신한 감각들이 우리의 언어 세포를 일깨운다. 그의 시는 말 자체의 의미에서 만들어지지 않고 단어와 단어 사이의 맥락에서 스스로 창조된다. 그것들은 우리에게 안전하고 완전하다고 생각되는 우리의 삶에 균열을 내고 우리가 얼마나 불안한 경계에서 헤매고 있는지 그리고 그것을 견디기 위해 얼마나 많은 헛된 욕망에 의지하고 있는지를 말해준다. 불안하고 불완전해서 결국 불온을 선택하게 된 것이 김명이 시인의 시 쓰기가 아닐까 한다.

　그는 자신의 시 쓰기를 다음과 같이 요약한다.

　노란 바나나는 흑반 되어 한 입, 노오란 개나리는 담장을 허물지 못 한다 두 개의 불투명 사라진 부고와 한 개의 청첩을 예측 불가한 무리수로 쓴다 무수한 내 것이자 전혀 아닌 것들, 골몰하다 맞닥뜨리는 몰골이 된다 지상에서 움켜쥔 그 나마 낙타무릎은 풀린 음보를 안절부절 서성인다

　저 쓰고 쓴 대가들
　저 화폐 속 영정사진
　저 불빛의 가치를

― 「이면」 부분

시는 이면을 드러내는 일이다. 설명하는 것도 주장하는 것도
아니다. 감추려 하다 들킨 것처럼 삶의 어떤 진실이 스스로 얼굴
을 내미는 것 그것이 바로 시의 마력이다. 독자들은 이 시집의
시들을 통해 그러한 마력을 충분히 경험하리라 생각한다.

김명이 시집

사랑에 대하여는 쓰지 않겠다

발   행 2020년 8월 15일
지 은 이 김명이
펴 낸 이 반송림
편집디자인 김지호
펴 낸 곳 도서출판 지혜 · 계간시전문지 애지
기획위원 반경환 이형권
주   소 34624 대전광역시 동구 태전로 57, 2층 도서출판 지혜 (삼성동)
전   화 042-625-1140
팩   스 042-627-1140
전자우편 ejisarang@hanmail.net
애지카페 cafe.daum.net/ejiliterature

ISBN : 979-11-5728-406-1 03810
값 10,000원

* 이 사업은 대전광역시, (재)대전문화재단에서 사업비 일부를 지원 받았습니다.